Je Nathanaël

Nathanaël

Je Nathanaël

TRADUÇÃO
Thiago Gomide Nasser

A BOLHA
EDITORA

autêntica

© 2003 Nathanaël.
© 2011 A Bolha Editora e Autêntica Editora.

TÍTULO ORIGINAL
Je Nathanaël

TRADUÇÃO
Thiago Gomide Nasser

COORDENAÇÃO EDITORIAL
Rachel Gontijo Araujo

PROJETO GRÁFICO
Retina78

EDITORAÇÃO ELETRÔNICA
Conrado Esteves

REVISÃO
Reinaldo Reis
Lira Córdova

Todos os direitos reservados pela Autêntica Editora e A Bolha Editora. Nenhuma parte desta publicação poderá ser reproduzida, seja por meios mecânicos, eletrônicos, seja via cópia xerográfica, sem a autorização prévia da Editora.

AUTÊNTICA EDITORA LTDA.

Rua Aimorés, 981, 8º andar . Funcionários
30140-071 . Belo Horizonte . MG
Tel: (55 31) 3222 6819
TELEVENDAS: 0800 283 13 22
www.autenticaeditora.com.br

A BOLHA EDITORA

Rua Orestes, 28 . Santo Cristo
20220-070 . Rio de Janeiro . RJ
contato@abolhaeditora.com.br
www.abolhaeditora.com.br

Dados Internacionais de Catalogação na Publicação (CIP)
(Câmara Brasileira do Livro, SP, Brasil)

Nathanaël
    Je Nathanaël / Nathanaël ; tradução Thiago Gomide Nasser . – Belo Horizonte: Autêntica Editora; Rio de Janeiro : A Bolha Editora, 2011.

    Título original: Je Nathanaël
    ISBN 978-85-7526-578-9 (Autêntica Editora)
    ISBN 978-85-64967-02-1 (A Bolha Editora)

    1. Ficção norte-americana 2. Ficção experimental 3. André Gide - Les nourritures terrestres - Les nouvelles nourritures 4. Linguagem 5. Desejo I. Título.

11-12711   CDD-813

Índices para catálogo sistemático:
1. Ficção : Literatura norte-americana 813

Para Suzanne Hancock

Estas transformações nos habitam.

O que trazem os ventos

André Gide fez algo imperdoável com a linguagem. Ele a tirou de nosso alcance. Suas palavras são límpidas. Elas possuem a imobilidade da água, a delicadeza da respiração. São atravessadas pela luz. Elas resistem, como ele resistiu, aos tremores do desejo. Elas transformam e iluminam o desejo. Elas dão voz e depois a retiram. Como uma súbita tragada de ar quando se vê algo surpreendentemente grotesco ou imperdoavelmente belo. Sem dúvida seu peso tornou-se insuportável para Nathanaël. Ele então se insinuou através e por debaixo delas e talhou ao abrigo da sombra seu próprio caminho no interior e no exterior daquela relação tão meticulosamente mantida entre o desejo e a linguagem. Nada novo. Mas ainda assim... ao final de um século belicoso de tragédias calculadas, a linguagem continua a sofrer. E o corpo com ela.

E agora? Espreitamos o eco. Agarramo-nos a ele e logo o soltamos. Somos habitados por essas transformações.

Existe uma ética do desejo? Uma ética da linguagem? É verdade que uma termina quando a outra começa? Nathanaël nunca esteve tão ausente das páginas de seu próprio livro. Não seria esse gesto o mais perigoso, a aspiração mais grandiosa?

Je Nathanaël

*Et parfois je cherchais, par-delà
la volupté de la chair, comme une
seconde volupté plus cachée.* – A.G.

Meu querido Nathanaël, não te escreverei. Todo dia trago seu nome a minha boca. Trago-o e após o devolvo. Gostaria de habitá-lo como você o habita. Saber como é pertencer a ninguém. Como é não existir. Ou existir infinitamente. Canso-me de pensar o corpo de outra forma senão procurando a palavra certa para descrever aquilo que pertence nem à linguagem e nem ao silêncio. Você tem razão ao não responder. De seguir calmamente no seu caminho. Quanto a mim, corro e nada encontro. Gostaria de lhe falar sobre o vão entre o verbo e a palavra. Entre o toque e o respiro. Entre a pele e a carne. Sou um pouco como você, tampouco existo. Se eu disser eu sou *minto um pouquinho. Por viver assim virei inimigo das línguas. Desconfio dos livros por causa do barulho que fazem. Você sabe cultivar o silêncio. Com você aprendo. Estou aprendendo a ficar calado. Estou aprendendo a amar fora do amor ou das definições que lhe foram impostas. O corpo se deixa, e isso já é bom. O meu corpo, em todo caso. Nathanaël, não te achei em algum livro. Nem em algum poema. Você foi descoberto dentro de mim. Eu te convidei para dançar. Nossos passos eram parecidos. Mas diferentes. Todo dia sento no meu jardim. Às vezes me espreguiço na grama ou na neve, dependendo do tempo. Às vezes chove. O suspiro precede o corpo. Estou respirando diferente.*

Livro primeiro

O outro corpo

Je voudrais m'approcher de toi plus encore. – A.G.

Você me despe. Diz: Um branco. Traça uma linha. Deseja-me.

 Deita-me. Segura minha mão. Quebra ossos um de cada vez. Doce desmembrar. Com sua mão me desfaz. Quebrada. Vingar-me-ei de seu sonho líquido de memórias, sugar sua saliva. Sua voz na minha língua. Expele-me pela boca.

 Você disse tudo sobre o corpo desértico do desaparecimento. O que sei de você um livro à mão. Abro-me à primeira página. Ardendo. Lembro nada nem você nem eu. Um branco.

Consigo chegar antes. Ponho sua mão na minha cintura. Diz: Leia. Cegamente. Arregaça as mangas da camiseta você me emascula (meu peito se enrijece sob sua língua). Faz deslizar sobre minhas costelas a carne fresca de seu rosto contra meus ossos. Lambe fetichista a dobra. Suspiro: Menino bonito. Meu menino.

    Seus dedos viajam (pele áspera   sim) o comprimento das minhas coxas.

Endureço no vale das suas nádegas. Quero você. O mar engole você e eu. Diz: *Me fode.*
A foda se quer genealógica. Bocas fechadas a prego. Você abre. Pronominal. Segura firme. Diz: *Com força.*

Encha meus bolsos com pedras macias. Ata minhas mãos. Diz:
Histérica. Grite.
Arranque todas as folhas. Diz: Tudo ou nada. Sabendo que até o corpo vazio tem seus limites. Corre.
Eu: erro. Enrijece. Catástrofe úmida a língua. O que você sabe:

O corpo é uma tumba sobre a qual você deita o olhar entristecido.

O desejo é um afresco descascando.

Somente a mão é capaz de traduzir o esquecimento e o traduzir em gesto.

A voz é nada mais que o eco de ossos estremecidos.

O olho azul o reflexo do mar.

Fodendo. Por onde entrar? Por onde sair? Livro. Arranco fora todas as páginas. Te deixo de bruços. Diz: abra-se. Perco-me. Analógico. Transversal.

    Aspiro-te. Mítico. Diz: Esquelético.

    Estremece. Carrega a marca do esquecimento. A curva do meu pau.

    Assombro-te. Polimórfico. Sêmico. Perambula bares fechados ruas úmidas manhãs supérfluas. Seja paciente. Sim você. Encosto dura a boca colada às costas. Levanto sua bunda vem na minha direção.

    Ejacula. Você diz: menino bonito.

    Você leva múltiplas divisões anatômica a paixão. Explode.

    Você diz: Puta. Escava as ruínas tão sentimental. Toca o fundo. Eu rio sim.

    Diz: Que trapaça. Deixa a página ilegível. Eu. Nathanaël. Os lábios em sangue.

Faz cara de birra. Implicitamente.

Emperiquita-se no *boudoir*. Mostre-se.

Coloca fundo. Diz: Guloso.

Me chupa.

Procura sob a cama. Eu. Somente eu. Acostumou-se.

O que você toma eu dou. Um barco azul atravessa o continente azul. Tira meu leite. Diz: Azul. Deite aqui sua boca que eu te escuto.

Escuta.

Mãos por cima e por baixo. Vire-se deixe ver. Veja. Diz: Você está chorando.

Um pingo na sua língua. Engole. Morde. Conta os dedos. De novo.

Desfalece em braços alheios. A chuva faz querer chorar. Eu venho.

Você diz: Aqui não.

Os olhos abertos eu durmo. A noite rasura derruba. Têmporas castigadas pela falta de luz olhos abertos dormem. Segura minha mão. A língua na palma puxa. Dobra e dobra outra vez. Estou perdendo minha voz.

    Diz: Única. Irrompe.

    Você incendeia.

    Geme. Molha os pés na água. Escorre. Eu escorro. Afoga-me. Diz: Ô *Capitaine*. Ri. Atiro-me sobre você. Você sobre mim. Goza.

    À deriva estou. Estamos.

Você trai. Você trai o texto. Eu digo: o texto me traiu.

    Você vira a página mostra a cara acabada seu desespero. Agarra-me. Beija. A nuca. Morde. Braços estendidos.

    Você diz: Traduza-me. Acha uma lâmina. Desliza. Assim. Você diz: Assim. Choraminga. Molha. Diz: Liso. Engole. O que você não sabe:

    O amor é água que corre.

    A pele transpira.

    Antigamente não existe.

    A margem de um rio é apenas a oposta à outra. O importante é a água que corre.

    Uma voz rachada não mente.

    Cada idolatria tem seu tempo.

    Eu te amo mas não assim.

Scatálogo

Os livros não apontam caminhos mas insistem ficar. Como então abandonar o livro para entrar por inteiro no corpo? Invejamos o corpo alheio, porém cada um tem o seu. Eu despiria minha língua para mergulhá-la na água gelada te chamaria para um encontro onde o corpo se torna transparente onde a lucidez pertence ao mundo da carne onde nada se vende tudo se dá. Inventaria palavras malcriadas para pregar na sua boca mostrar a cor verdadeira do sangue. O amor nu e cru é um viver de novo. Mas não deitará tinta no papel para guardar um pensamento sequer. Desconfie do calor que emana da página em branco. Tudo permanecerá ainda a ser dito desde que não digamos nada. Acima de tudo não tenha medo de se sujar. O amor purifica o corpo das perfeições.

Livro segundo

A voz

Un chien hurlait désolément après la lune. – A.G.

– Entre.

    Eu entro.

– Ame.

    Eu amo.

– Entre

Eu entro.

Você partiria não fosse por mim. E aqui você está. Aqui onde estou. Você estende a mão. Você diz: Entre. E assim faço. Entro. Sento. Levanto. Perambulo pelo quarto. Arrasto a mão pelas paredes. Eu toco. Eu entro e eu toco.

– Entre.

Subo as escadas. Degraus de madeira. Degraus de concreto. Eu subo as escadas e entro. Vou para onde você está. Onde você espera. O que você exige de mim. Passo o batente paro na porta. Desapareço. Ali sob a porta desapareço. Nem sombra nem luz. Desapareço. Nada.

– Entre.

A porta está fechada. Empurro a porta. Ela resiste. Empurro novamente. Ela cede. Hesito. Vejo você que espera. Olho. Nada. Vejo nada. Ouço o ecoar da sua voz. Reverberando nos meus ossos. Você. Que se debatem no meu corpo. Abre. Ainda assim nada.

– Entre.

Sua voz. Sua voz líquida. Sua voz sedutora. Sua voz a me chamar. Sua voz a me seduzir. Que insiste. Entre. Vem até mim. Sua voz que me envolve e afoga. Afogo.

Encho os bolsos com seixos lisos e vou até a água. A água me chama. Vem. Entra. Assim faço. Mergulho meus pés na água. A água lambe meu tornozelo. Me puxa para dentro. Vem. Entra. Assim faço. Como um sonho. Na minha imaginação teria sido diferente. Na minha imaginação foi diferente. A caminhada em direção ao fim. Mesmo assim nada. Caminho. O rio me engole. O rio tudo engole. Sem fazer distinção. Sem deixar traços. Estou indo ao seu encontro. Ao meu. Vem.

– Entre.

Você não vem até mim. Você não tem por que vir. Você já está em mim. Entre. Assim faço. Entro e não te vejo. Sento. Levanto. Percebo uma janela. Contudo ainda não vejo nada. Uma porta. Uma sala. Uma janela. E sua voz. Sobretudo sua voz.

A janela dá para a rua. A rua é iluminada pela lâmpada do poste. Isso é óbvio. Eu vejo a rua. A iluminação tremula. A rua tremula. Rua escura. Rua molhada. Chove. Não havia percebido. Chove. Carros riscam a rua. De tempo em tempo um carro. Mas sobretudo a iluminação da rua.

Silêncio na sala. Você diz: Entre. Eu entro. Aqui estou.

– Aqui estou.

    Nada. Ainda nada.

Não nada. Minha voz rebate desesperadamente contra as paredes desse quarto. Primeira tentativa: fracasso. Tomo nota. Fracasso. Vou até a janela. Atiro minha voz pela janela. Ela se espatifa no asfalto. Nada impressionante. Uma voz entre muitas outras. Eu a atiro para fora e a tomo de volta. Minha voz. Não sou capaz de decidir. Engulo. Vomito. A chuva vem logo depois para tudo lavar. Lavar a rua vomitada. Das minhas palavras vomitadas. Engulo novamente. Não digo mais nada. Tenho dor de cabeça.

- Aqui estou.

Nova tentativa. Minha voz desliza sobre o chão. Aqui estou. Saio. Volto à porta. Aqui. Aqui onde estou. Aqui onde desapareço. Introduzo uma mão no quarto. Eu a vejo. Vejo a mão. Ela paira suspensa no quarto. Eu grito. Não grito. Minha mão. Não. Isso não. Minha mão não.

Paro. Olho de perto. Azul. Minha mão está azul. Quase nada mas está. Da porta. Onde desapareço. Olho. Olho e vejo. Não ouço mais sua voz que diz: Entre. Que diz. Vem. Nem a minha que diz: Aqui estou. Não digo mais nada. Olho. Olho e vejo. Vejo minha mão pairando no quarto. Vejo-a azul. Quero sair desse lugar. Sair correndo. Rápido. Mas não posso. Não sem a minha mão. A mão azul que é minha mão.

Paro para admirá-la um tempo. Tenho bastante tempo. Nesse presente tenho todo tempo que não tinha antes. Antes. Antes de quê? O que fazia com meu tempo antes? Minha mão. Aqui. Aqui estou. Onde não estou.

- Aqui estou.

    Em cima de uma ponte. Estou em cima de uma ponte. Você não está aqui. Você desapareceu. De onde você estava. Do lugar de onde você projetava sua voz. Você não está mais lá. Então aqui estou. Em cima de uma ponte. Entre duas margens. Sob meus pés uma ponte de concreto e aço as une. E a água passa onde você não está. Onde a terra ferida se abre para que a água escorra. Eu-estou-aqui. Eu que a água engole e leva. De uma margem a outra, vou pela ponte. Atravesso-a. Aqui estou eu digo. Torno-me o eco da minha própria voz. A sua. Que o rio engole. Comigo. Ou não. Levanto meus pés e vou embora. Deixo a ponte para trás. As águas explodem sobre mim. Eu toco o fundo. Toco. Estou aqui. Você.

– Entre.

    Está cedo demais. Tarde demais talvez. Nem dia nem noite. Cedo demais. Entre você diz. Fico onde estou. Não subo as escadas. Nem as de concreto. Nem as de madeira. Eu não empurro a porta para abri-la. Eu não toco as paredes. Fico onde estou. Encho os bolsos com pedras. Eu deslizo até o chão. Atravesso uma ponte. Nada. Faço nada. Nem mesmo te esperar. Certamente não te escuto. Não antes do anoitecer. Não antes do desaparecimento do corpo e do planeta. Não antes que todas aquelas vozes fiquem imóveis, que aquelas bocas busquem um calor senão o da luz do dia, que aqueles dedos busquem novas formas de tocar. Só então, sim. Me chama. Me chama. Vem.

– Aqui estou.

Corro até onde você está. Corro e perco o fôlego. Corro e tropeço. Caio sobre o chão de cascalho em frente da sua casa. Esfolo as mãos. Levanto. Continuo a correr. Enquanto corro digo: Aqui estou. Quando caio também. Até perder a voz. Com as mãos sangrando corro até você. Você diz: Vem. Quando chego é tarde. Não te vejo.

Quero. Eu quero você. Caio em prantos.

– Vem.

    É assim que você se anuncia. Diz: Vem. Eu paro. Ofereço meu corpo. Não aguento mais o seu peso. Sua voz causa temores. Eu a desejo. De novo. Vem. Você toca o fundo. Onde desabo. Onde você me desaba. Veja onde chegamos. No fundo de um rio. A lutar. Você. E eu. Da ponte vejo tudo.

    Sua voz. Afundo. Não toco mais nada. Tudo. Teria dito tudo. Para você. Vem. Vou até você. Até onde você não está. Encontro a rua. A casa não está mais no mesmo lugar. Nem as escadas. Mas sua voz. Encontro novamente a ponte. Convido o rio a entrar em mim. Percorro as bordas do rio. Nada. E você?

– Vem.

Estou chegando. Atravesso cidades e continentes. Arremeto contra o concreto. Martelo as paredes. Tomo o trem, o metrô. Esmurro a estação de trem. Maldito táxi. Onde você está eu vou. Amasso o oceano. Para chegar até você. Cidades e continentes. Maldito corpo, seu jeito atrapalhado. Rápido. Mais rápido. Vem. Você não irá esperar. Grito. Mordo a língua. Mordo novamente. Estou chegando. Com a boca sangrando estou chegando. Minha voz rouca do chamado. O seu. Estou chegando. Subo e desço. Vou para o lugar onde as ruas são iluminadas ou não. Levanto. Sento. Vem. Dou voltas. Onde você está? Esmago a cidade. Sua cidade. Esmago-a. Vem. Estou chegando. Vergonha. Sinto vergonha. Anda logo.

– Entre.

Entro. Subo as escadas. Abro a porta. Hesito entrar. Entro.

Você me puxa até você. Diz: Vem. Eu vou. Você me empurra contra a parede. Isso. Assim. Você diz: Assim. Faço o que você diz. A luz da rua tremula. Te ilumina. Te afoga na escuridão. Te vejo. Não te vejo. Você desliza até o chão. Diz: Vem. Deito do seu lado. Você diz: Me beija. Te tomo pela boca. Sinto seu gosto. Te cubro com saliva. Você diz: Sim. Você geme. Você diz mais nada. Eu ejaculo. Você dá um sobressalto. Você solta um choro.

Eu estou onde você não está. Ouço uma voz. A sua. Você diz: Vem. Você diz: Entre. Uma de cada vez, tiro as pedras do bolso. Atiro-as no rio. Não chego a escutar a água.

- Entre.

    Eu me torno você. Eu me torno sua voz. Esta distinção. Chego ao último degrau. Marco o tempo de parada. Você não está lá. Já sabia disso. Mesmo assim abro a porta. Chego antes. Aqui estou. Minha mão. Vim pegá-la de volta. Atravesso o batente. Desapareço. A mão aparece. Isso. Eu sabia. Eu ataco. A mão azul. A minha mão. Ela escapa. Ou melhor, eu erro o alvo. Não importa. Eu a quero. Devolva a mão. A minha mão. Me jogo contra a parede e depois a outra. Me atiro no chão. Eu corro. Eu corro e corro. Atrás da porra da mão. Mão azul. A luz da rua tremula no quarto. Me cega. Sento de costas para a janela. A luz me afoga. A cada pulso. A cada clarão. Afogue-me. Fogo e água. E você nem está lá. Apenas sua voz que seguro na mão. A mão que não é mais minha. Tiro a jaqueta. Decido ficar.

- Vem.

Vou embora. Não aguento mais vou embora. Pego o trem o avião meus pés. Deixo o lugar onde você não está. Aqui. Lá. Corro. Eu corro. Não importa.

No deserto construo castelos de areia que o vento desfaz. Aqui. Ali. Desapareço. À noite viro deserto. Eu espalho. Eu espalho a minha voz. À noite desapareço. Sigo uma trilha de areias cambiantes. Faço desfaço-me. Aqui como qualquer lugar. Aqui onde você não está. Ando. Paro. Deito. Levanto. Olhos abertos ou fechados eu vou em frente. Estou longe. Longe de você.

E bem no meio de uma duna sua voz. Não esperava isso. No meio de tudo isso sua voz. Não. Sua voz não. Bato e bato forte contra tudo que existe não existe. Engulo sua voz. Quebro até virar estilhaços. Sua voz vai moendo até entrar. Construo castelos com meus ossos. Faço desfaço. Você. Abra-me.

Pertenço a você.

– Entre.

Quero saber o que você vê. Diz. Veja. O que você vê? Deslizo minha mão pelas paredes. Fecho os olhos. Espera. Não diga nada. Você pega minha mão. Diz: Toca. Toco. Espera. O que vejo: Você pega minha mão. Diz: Toca. Aí. Assim. Não vejo nada. Vejo tudo. Você pega minha mão. Põe ela lá. O corpo é rijo. Não perdoa. Dá. Toma.

Entra. Eu entro.

Ama. Eu amo.

Não é isso. A luz da rua começa seu jogo. Eu te mordo. Você diz: Sim. De novo. Morde. Não morde. Colo minha boca na sua. Respiro sua respiração. Assim. Morde. Espera. Deito ao seu lado. Você não se mexe. Geme. Sim. O corpo dá. Toma.

- Entre.

    Seu nome. Pronuncio seu nome. Gaguejo. Meus dedos se enterram na sua carne. Silábico. O eco da minha própria voz na minha própria boca. O que estou fazendo agora? Estou falando com as paredes. Seu nome rabiscado. Seu nome gaguejado. Onde você está. Na ponta da língua. Você hesita. Mergulha. Seu nome. Eu digo seu nome. Você mergulha fundo em mim. Você nada em mim. Com os dois olhos fechados você nada no eco da minha voz. Você nada teme. Você deita me abre. Entra. Você entra em mim. Pela boca pelos olhos por trás. Você me deita me abre. Me faz orifício. Estou com gosto da sua língua. Dos seus dentes. Sua cadência. Você mergulha me afoga.

Um texto para se foder

O que vem a ser um texto para se foder e seria ele apenas fodível em determinada língua? O pau-duro literário existe? Quem quer Nathanaël? Eu quero eu quero. Só que ele não existe. Ele não está te beijando. Ele não deixa sua cama desarrumada. Ele não deixa seu colchão com dobras. Ele não te trai. O chão azulejado está frio e seus pés estão descalços. Nathanaël foi embora mas também ele nunca esteve aqui nem uma única vez. Ele é um garoto *queer* um garoto amável quem sabe até mesmo um garoto comível e estamos molhadas ou duros enquanto viramos as páginas e imaginamos sua respiração. Não tem nem como ficar de luto por ele porque ele não está morto. Ele não está morto porque ele não está vivo. Ninguém sabe quem é Nathanaël. Você o viu? Só o vi de costas num quadro de resto não muito bom. Ouvi dizer que ele gosta de correr na chuva e de dormir com os olhos abertos.

Livro terceiro

Reticências

Dans les trop chaudes nuits de juillet,
j'ai dormi complètement
nu sous la lune. – A.G.

A palavra precede o corpo. Mas qual corpo?
Não adianta procurar.
Todos os livros pedem para ser queimados.

O escritor não tem trajetória.
A cartografia do corpo está sempre mudando.
A voz é apenas o eco de uma voz.
O lugar é uma ficção.

Diz. O que você quer afinal?

Entre duas palavras respiração.
Entre dois corpos tristeza.
Entre duas cidades dor.
Entre duas vozes desejo.

Entre nós o livro para folhear.

Leia o que pede o corpo.
Olhe para tudo que o olho evita.
Faça a pergunta mais óbvia.
Vá aonde eu não vou.

Ache a fronteira, não importa qual.
Diz o que você vê.

Para a pessoa que quer saber:

Eu não sei.

Para a pessoa que acredita saber:

Sinto muito foi engano.

Para quem eu espero:

No começo o olho sobre a mão.
A certeza de não existir.

Depois um poema e depois o seguinte.
Você que quer respirar.
O livro aos seus pés.

Eu lhe digo isso:

Saia pela porta.
Vá longe de mãos vazias.
Esqueça seus poemas.
Mesmo aqueles que teimam em não ir embora.
Faça isso dia após dia.

O que você for colhendo eu jogo fora.

À deriva

*J'ai bu; je sais les sources où
les lèvres se désaltèrent.* – A.G.

Eu sou um livro que já foi escrito. Eu sou o livro que ninguém ousa escrever.

                                    Quem é você Nathanaël?

Livro quarto

No inverno

Penses-tu me consoler ainsi? – A.G.

O amor é generoso. Numa esquina um garoto me toma em seus braços. Ele está duro. Eu o sinto contra mim através da calça. Sinto timidez mas continuo. Quero convidá-lo para entrar em mim. Quando estou triste penso nele. Eu o reinvento com os dedos. Ele puxa meu rosto para perto do dele. Eu queria tocá-lo mas está frio e minhas mão estão enterradas nos bolsos da jaqueta. Eu nos imagino em frente da lareira. Não sei se este amor é verdadeiro mas espero vê-lo novamente. Dividimos uma cerveja num bar. Ele não me diz qual é seu nome. Eu dou. Ele toma.

Faço anotações de tudo que quero. Daquilo que não tenho medo de esquecer. O resto guardo para mim. Esquecer é necessário. Gostaria de nunca saber para onde estou indo.

O vento rasga. Eu não leio mais. Faço muitas caminhadas. Estão me procurando. Eu não espero. Hoje vejo que estou belo. Isso me deixa duro. Não é narcisismo. Não sei o que é. Fico duro e sou belo. Tudo é possível. O corpo não mente.

Todos os corpos são culpados de alguma coisa. Todos. Eu decidi não viajar mais. Não molhar meus pés no rio. Rego as plantas. Ninguém me beija. Tenho cem anos de vida.

Acham que sou mudo ou até mesmo louco. Não é verdade. Mas estou cansado de explicar. Eu presto atenção especial às cores e como elas se fundem.

As palavras não chegam. Durmo no chão. O carteiro me acorda todos os dias. Estou esperando para começar.

Eu vejo o garoto mais uma vez. Fazia tempo. É meio-dia. O sol corta o céu como uma ferida. A luz se esparrama pelo seu rosto. O garoto não é mais belo. É um garoto entre tantos outros na rua no meio do dia. O que estava procurando? O que acabei achando em seu lugar?

Solidões. Espero pelo anoitecer. A oeste um céu partido. Estouro.

Ontem à noite sonhei com um corpo que não era mais um corpo. As palavras já não lhe possuíam qualquer semelhança.

Livro quinto

Nossos desejos escorrerão

...les sources seront où les feront couler nos désirs. – A.G.

Eu disse que sim. Fui pega de surpresa.

Perdi o fio da meada. O livro aberto numa página em branco me incitou a seguir uma nova linha de raciocínio.

O corpo inquieto se desfaz. Torna-se algo distinto das palavras e gestos que o acompanham.

O toque tudo apagaria, até o leve arrepio provocado por um gesto prestes a se concretizar.

Uma voz carrega outra.

O eco se insurge.

O choque entre os ossos desmente a impermeabilidade do texto.

Assim, o eco carrega o eco do hermafroditismo da palavra.

Se a palavra fosse equivalente a um gesto que oblitera o anterior, por que anotar qualquer coisa no papel e o que se pode ganhar com isso?

Nathanaël está mais mudo que nunca.

Ele nada diz. Gostaria de ouvi-lo falando. Ou pelo menos vê-lo fugir ou maldizer o livro que ele queimará.

Não é possível amar sem antes ser amado. E assim o coração se atrofia.

Gostaria que Nathanaël pudesse morrer. Pelo menos ele terá vivido.

A palavra é enigmática, sobretudo quando confundida com o amor ou pior ainda o corpo.

Quero saber o que Nathanaël sabe sem ter que tomar-lhe a palavra, sem ter que interpretar um poema para ele, sem intimidá-lo, sem torná-lo um mero reflexo.

As palavras são capazes de transformar corpos.
É o que sabe a língua.

Fale comigo sobre o amor.

O corpo se abre sem hesitar a todo tipo de derramamento, recusa ser encurralado, se acostuma a seus próprios arrepios, suas sensações, olhos pousando onde pousam, em parte, por gravidade.

Nathanaël causa ansiedade.

    Pela presença. Pela ausência. Pela sua inimitabilidade. Enquanto não disser nada, terá dito tudo. O silêncio tem esse poder de se tornar sem limites.

    Nathanaël não existe. É sua grande vantagem. Pela presença, pelo seu nome falado, ele reivindica o direito à paixão; ele a vislumbra, a comanda, a possui. O desejo se faz vivo nele.

    A ansiedade provocada pela paixão é a mesma ansiedade que nega ao corpo seus próprios derramamentos.

    A Nathanaël eu emprestaria as seguintes palavras: "*I am a queer boy*".

    Ele pronuncia o inglês com um leve sotaque.

    I am a queer boy.

Estou aprendendo a ler de mãos vazias, a dar espaço ao tédio. Eu não quero o que Gide quer, queria. Mesmo que com ele aprendi a querer.

    Nathanaël cede a voz ao corpo. Desse modo não podemos ouvi-lo. Mas isto não é motivo para ignorá-lo. O que ele não diz ele sente.

A língua confia no paladar;
O ventre, na boca
e assim em diante.

Ao transpor corpos e línguas, a espécie se propaga de modo diferente. Eu me reinvento cada vez que você me dirige a palavra.

O elemento intrínseco dessa troca é o desejo.

Desejo
e não a pornografia
nem o sadismo
nem aqueles casinhos ilícitos.

O desejo universal que faz a árvore fincar raízes na terra e que as arranca.

Esta mesma impossibilidade e a convicção de que ela continua a todo momento possível.

Eu te convido a ler olhos fechados, amar corpo aberto, romper com a organização das emoções. A parar de viver a margem da maior grandeza oferecida pelos sentidos: o imprevisto.

Este livro é, deve ser um apelo aos sentidos. Agora só resta deixá-lo.

O problema de Nathanaël está posto. Trata-se inegavelmente de um problema de tradução. A tradução é o que há de menos confiável; é inevitável ressentir a existência do texto.

Se Nathanaël não existe é porque ele está esperando vir a existir. Seus gestos continuam invisíveis.
O corpo humano passa por uma crise.
O desejo está desaparecendo.
Se eu te beijo, é porque não te vejo. *Espera, não foi isso que eu disse.*
O sexo está mergulhado no hermafroditismo.
A tradução do eco.

O primeiro defeito da língua é que ela se exprime mal. Nesse sentido, Nathanaël é exemplar. Ele é o meio pelo qual nós podemos aprender a dizer tudo, se ao menos aprendêssemos a nos calar.

Toca-me. Desaparecerei.
Escuta além da voz.
Se digo que não leio mais, estou mentindo.
Estou acendendo uma chama perto daquilo que pega fogo.

As pessoas desconfiam dos livros pequenos, livrozinhos íntimos que entram deslizando fácil no bolso. A medida de um livro se dá pela palavra. O que dizer, então, do poder do eco?

Se antigamente a palavra era equivalente ao respirar e os poetas se apressavam para respirar, hoje a palavra bloqueia a respiração.

Todos nós respiramos mal. O eco morre, veja você mesmo.

Nathanaël deve saber isso, ele que permanece em silêncio.

Ele traz de volta ao corpo a palavra, toma a respiração com as mãos.

O que ele toma, ele dá. Este livro pode ser sua recompensa.

Desviamos o olhar das coisas familiares, daquilo que é necessariamente feio. Evitamos olhar de perto, tocar. Assim, o livro se faz obstáculo, se posiciona entre mim e a experiência do livro.

Dos lábios de Nathanaël, beba.

Veja.

A sede não abandona o corpo.

Gide não era um bobo. Ele sabia que o possível continuava possível enquanto ninguém o tentasse.

As salas de espetáculos estão abarrotadas.

Os estádios estão lotados.

Os rios estão transbordando.

Todas as vagas estão tomadas.

Nathanaël caminha por onde ninguém vai.

Todas as citações deste livro foram extraídas de dois exemplares da inigualável obra de André Gide: *Les nourritures terrestres* e *Les nouvelles nourritures*. Devo a ele, no mínimo, uma fração da minha filiação a essa literatura de irreverência e sensualidade.

Este livro foi composto com tipografia Bembo e impresso em papel Pólen Bold 90 g na Formato Artes Gráficas.